MÉMOIRE
D'ENCRIER

1260, RUE BÉLANGER – BUREAU 201
MONTRÉAL, QUÉBEC H2S 1H9

INFO@MEMOIREDENCRIER.COM
MEMOIREDENCRIER.COM

LES ÉTOILES SE SONT RAPPROCHÉES

DE LA MÊME AUTRICE

Les décalages contraires
Mémoire d'encrier, 2019 (poésie)

L'imparfaite amitié (roman)
La Peuplade, 2017

Faire l'amour : Tolstoï, Shakespeare et Kundera
Nota Bene, 2014 (essai)

Ciel mon mari
La Peuplade, 2013 (fictions)

La garçonnière
La Peuplade, 2009 ; 2013 ; 2020 (roman)

Ma guerre sera avec toi
La Peuplade, 2006 (roman)

Les étoiles se sont rapprochées se lit comme une lettre, que l'on s'écrirait à soi-même avec la conviction de ne jamais couper le lien. Les étoiles ne reviennent jamais en arrière. On ne reste pas intact après l'impact, au cœur des passages où l'on frôle l'amour et la mort. Un grand livre qui dit l'amour. Écrire l'amour et les possibles, pour aller loin et revenir sur ce vieux mythe qui résiste encore à l'usure du temps et au monde qui tombe.

MYLÈNE BOUCHARD est cofondatrice des Éditions La Peuplade, directrice littéraire et écrivaine. Ses livres fondent l'amour comme révélateur de l'existence et réinventent l'aventure de la vie. *Les décalages contraires*, son premier livre de poésie, a paru chez Mémoire d'encrier en 2019.

MYLÈNE BOUCHARD

LES ÉTOILES SE SONT RAPPROCHÉES

ÉCRIRE SEULE AVEC QUELQU'UN EN TÊTE

PROLOGUE

Rejoindre l'autre
Tisser le lien
Cesser d'écrire
Se séparer
Cesser d'écrire des livres
Sortir
Partir
Garder le lien
Tout inventer
Cesser de donner
Cesser de croire
Se séparer
Revenir
Repartir
Risquer de mourir
Veiller
Fuir
Perdre
Se remplir
Maintenir l'illusion
Penser trop
Avancer
Décider
Ne pas être seule
Construire
Laisser mourir
Ne plus se quitter
Se désarmer

Croyant écrire sur la poétisation de nos vies, j'ai écrit le livre de la désillusion, du renoncement. Sans le savoir, sans le vouloir. Parce qu'on apprend à perdre, à renoncer, après coup, quand la mort a frappé.

Des poèmes, trois lettres. Une poésie, plus ou moins autofictive, que j'aimerais appeler poésie épistolaire. Dans le mouvement de l'attachement, une étreinte. Et toi qui vis dedans.

Je n'aimerai rien de tout ce
qui n'existe pas que toi,
que toi, tu es.

Christophe Tarkos

à toi
qui es seul
parmi mille hommes des hommes

toi abandonné toi rejeté toi dénigré toi piétiné battu toi renié toi brouillé caché menteur toi courageux vigilant anxieux évitant protecteur
toi homme un homme mille

pour de bon
quitte ton père et ta mère
je t'ouvre mes bras littéraires

sois

tiens
plus fort que la fuite
avec la branche
désamorce ton piège
sauve-toi de toi-même

Enfant, j'ai souvent fait ce rêve éveillé horrible. Je perdais, dans un accident de voiture, mon père et ma mère. Ils étaient tout à la fois. Et durant ma vie, à chaque petite rupture, j'apprenais à me séparer d'eux.

Quand tu ne rentres pas le soir, sans aucune nouvelle des chemins mauvais, je m'imagine immanquablement que tu es mort et que tu as percé le regard de la biche avant d'éteindre tous tes phares de brume.

J'ai fait ce rêve de crash d'avion qui les emmenait travailler loin. Il n'existait quelque part aucun souhait, aucun testament. Qu'un silence de mort et quelques copeaux amoureux.

entre la fin de la fin
et le début du début
le juste milieu
le déplacement
vers le festin moissonné

(visibilité nulle)

la route farouche
la révolte océanique

sans ça
le soleil d'automne
je serais morte contemplative
dans le trou de glace

sans toi
je serais morte
sans moi
tu serais mort

comment rester intacte après l'illusion ?

à moi de parier
quand tu entres par tous les pores
quand les mains te forcent
solaire
as de pique dans la manche
un service pour les dames

une étoile s'agglutine
ne plane pas et clignote infiniment
les superbes se déplacent d'un iota
chaque fois qu'on s'étonne

démesurée
comme mes pluies
diluvienne
je pleure dans l'allée des fruits

aller vite
ne pas penser
rester dans le cœur
il faut vivre vite
faire beaucoup l'amour

longtemps

raconter la vraie version de l'amour de
l'histoire de l'amour

c'est
que
l'histoire que je me raconte n'existe jamais

entre triomphe et désillusion
s'éterniser

beaucoup

longtemps

une artiste s'étiole d'avoir vu trop grand trop
loin trop vite trop elle vole trop elle tombe
elle embrasse trop et mal étreint elle vole elle
perd de l'altitude des plumes elle remonte
elle vole elle tombe de haut

j'ai voulu m'absenter du plein et non en
catastrophe tous les jours me séparer du vide

du festin des étoiles
à la fin du festin sous les étoiles on se
postera à la fin quand tout aura été englouti
quand on sera plein et que le lendemain se
lèvera en diapason avec le vide qui revient
moderato sur un mouvement musical

et le festin et le lendemain

et le festin

et

et
j'ai rêvé d'être un oiseau
le temps d'écrire

PROBABLEMENT

LETTRE DE LA FIN DE LA FIN

Quand on court après la fortune,
on risque de perdre l'amour.[1]

Cher ami,

Il y a des lustres que je n'ai pas écrit une lettre. Et toi ? Il fut un temps où j'écrivais des lettres, dès mon jeune âge, à douze ans j'ai commencé ça, avec mon stylo-feutre écarlate sur mon papier à lettres bleu poudre. J'avais écrit à un soupirant du village d'à côté, en trouvant son adresse postale dans le bottin téléphonique. Après ça, j'ai écrit à d'autres prétendants, j'étais une amoureuse sans limites qui savait écrire, qui savait dire, qui savait nommer, décortiquer le sentiment. Le nœud dans le ventre par l'écriture se déliait. J'étais surtout fervente de l'exercice que cela demandait, d'écrire seule avec quelqu'un en tête, du plaisir que cela procurait, rejoindre l'autre, tisser le lien, garder le lien, inventer le lien.

Alors je t'écris. J'en invente encore. Je prends ce papier, je touche ce papier, je prends le rythme, je ralentis tout, pour toi. (Il pleut.) (J'entends l'eau dans la gouttière.)

J'ai écrit à mes amoureux dès mon jeune âge. Mes amoureux tous imaginaires. Je disais me foutre éperdument

1. *Le rendez-vous* chanté par Pauline Julien ; musique de Claude Léveillée, paroles de Gilles Vigneault.

de la réponse, mais je me mentais. L'écriture me permettait d'espérer sans m'engager. Rocailleux a été le chemin devant la peur de l'engagement. Un jour, l'amour devient plus fort que la peur et tout change dans le cœur.

Tout change quand on aime, quand on avance. Je me rappelle avoir beaucoup et longtemps aimé ce jeune homme sensible et intelligent, très drôle aussi, qu'est-ce qu'on riait, souvent proche des larmes et d'une tristesse partagée, qui ne m'a jamais répondu. Mais pourquoi aurait-il choisi de m'écrire des lettres ?

Je ne peux plus t'écrire aujourd'hui. Tes réponses se sont espacées. Tes réponses se sont désinvesties. Dans nos pays différents, on s'est rencontrés et on s'est écrit. L'écriture réduisait la distance. Je ne m'adressais plus au vide. Mes yeux étaient ouverts. C'était beaucoup et longtemps. On s'écrivait comme si on était l'un près de l'autre. Les étoiles semblaient plus proches. Se rapprocheraient-elles chaque nuit ?

Soudain, tu as changé les règles et je t'en veux. Je ne t'écris plus. C'est moi qui me suis séparée de ce lien passé du vrai au faux. Décider de cesser d'écrire, c'est décider de se séparer.

S'il n'y a pas de réponse, il faut cesser d'écrire. Maintenir l'illusion qu'une réponse à la lettre arrivera est un jeu violent.

Si je cessais d'écrire des livres définitivement, je me séparerais.

Mais de quoi ?

J'étais tellement mieux dans ce monde idéalisé où il n'y a aucune colère, aucune frontière, hélas aucun attachement.

Je sors.

Je pars.

Quand je reviens, plus rien n'est comme avant.

Je pense à une lettre que je n'écrirai pas.

Pourquoi écrire ?

Écrire, c'est garder le lien. C'est tout inventer et se rendre malheureux. C'est attendre une réponse qui ne vient que dans l'amour et ça disparaît comme c'est apparu.

L'amour apparaît partout et disparaît. Je demande à l'amour d'obéir, il se masque. L'amour est-il davantage qu'une réponse impulsive ? Je ne sais plus. Il tombe dans mes spaghettis, dans mon thé, dans le banc de neige, sale hypocrite d'effigie. À quoi bon si l'amour est obéissant ?

J'écris, je donne.

La vie donne, la mort prend.

J'écris, je donne. Pas de réponse.

Cesser de donner quand on ne reçoit rien. Il faut cesser d'écrire. Cesser de croire qu'en écrivant tout redeviendra comme avant. Cesser d'écrire, c'est sortir d'où l'on souffre. Se séparer. Naître. Effacer la dette. Ne plus donner. C'est se séparer. Écrire, c'est donner. C'est peindre un père et une mère incroyablement tendres. C'est aussi demander une réponse. C'est s'ouvrir à l'amour.

Je t'écris en magenta sur du papier recyclé, les épreuves d'un livre, le papier que je rapporte à la maison pour allumer le feu ou pour que les enfants dessinent. Je n'ai pas d'idée en tête, tantôt j'en avais. Clairement tantôt je t'écrivais, j'avais l'idée de t'écrire en t'envoyant ce cadeau composé pour toi, un cadeau à celui-qui-ne-reçoit-jamais-de-cadeau-et-qui-ne-sait-s'il-a-envie-d'en-recevoir ou un cadeau à-celui-qui-ne-sait-s'arrêter-de-donner ou un cadeau à celui-qui-sait-tout-sur-les-cadeaux. Quelle forme choisis-tu ? Peut-être qu'aucune ne te convient.

J'ai eu l'idée de ce cadeau quand tu m'as écrit que ta mère ne t'en faisait jamais. Elle est morte cette année, tu sais que cette fois elle ne reviendra pas. Il n'y a que la mort pour nous couper tous les espoirs. Tu sais que cette fois elle est partie et que tu n'as plus à l'attendre sur le pas de la maison. Elle est partie avec le garçon qui ne savait rien. Tu sais que cette mort reprend l'enfant qui a cru à la mort de sa mère bien avant qu'elle meure, bien avant qu'elle revienne dans le pays inespéré. La mort reprend l'enfant qui s'arrange tout seul. La mère revient, reprend et meurt. D'un départ à l'autre.

Qu'invente-t-on pour ramener la mère à la maison ?

Tu refuses que trop souvent je revienne. Trop souvent revenir, trop souvent repartir, trop souvent le risque de mourir. Tu as grandi avec l'image de la mère qui va mourir sur le chemin du retour, que le dernier détour lui enlève la vie malencontreusement, en dehors de l'abri, si près du but. Tu as grandi sans lien. Tout lien est un lien de possible mort, de possible fin. Il y a des fins sans la mort ; il y a des fins avec. Avec la mort incalculable. La mort de ta mère réconforte tristement le garçon.

Pourras-tu aimer enfin ? As-tu cru un jour avoir fait partir ta mère qui ne pouvait pas aimer ? Toute une vie pour être digne d'amour. C'est long, toute une vie.

Je suis partie, je suis revenue. Puis je suis partie longtemps. Est-ce toi qui m'as poussée ? Te pousses-tu à l'infini vers la maison où tu attends ? La maison sans lien, sans besoin, où l'enfant est gâté.

Il fait soif. Il fait chaud. Maman donnerait le sein si elle était là, si elle arrivait à la fin de cette journée où personne ne va travailler, à peine chercher de l'eau.

je vais revenir demain

je ne peux te dire lequel

sortir de la nuit
reprendre le courage
de survivre veiller
ensemble

vaut-il mieux être sortie de la nuit
que restée en morceaux dans les éclats du jour
mieux être oiseau de fumée
que plus jamais la même
vaut-il mieux fuir
que survivre sans toi
vite veille encore

ton courage est un immense amour
que personne n'assassinera

JE N'AI PAS RÊVÉ

POÈMES DE TRIOMPHE

il m’a dit
d’écrire quelques poèmes
voilà un vrai ami

sur la grandeur de l'amour
avec de l'amour dedans
tous les renoncements
tous les après-coups
le deuil de ce qui était bon
ça prendra le temps que ça prendra

le temps

plus question de perdre de rien à perdre de
tout à offrir de tout donner de plateau
d'argent plus question de ne rien dire de ne
rien choisir de ne rien construire de peur
d'avoir peur de peur de perdre

il m'a dit
l'amour n'est pas parti
je suis là

l'amour prend une marche
dans la ville fantôme
les autres amants ne marchent pas
les autres amants roulent en voiture à essence

l'amour fait le con
dans son manoir sans serrure
dans sa maison interdite
close

je n’ai pas rêvé
c’était trop beau

je n’ai pas rêvé
mon élan doré
tonitruant dans la trouée atmosphérique

je n’ai pas rêvé
ma nuit ton matin
mon matin ton après-midi
mon après-midi ton soir
mon soir ta nuit
ma nuit ton matin

possible world

c’est arrivé

je n'ai pas rêvé
j'ai vu la photo
sur laquelle je n'apparais pas

(est-ce toi la photographe ?)

chaque fois on me demande où je suis
je veux disparaître de ne pas apparaître

elle est photographiée de dos
ingénue et surannée
le passeport de l'irrévérence
c'est juste beau
comme la fille sur le quai
avait-elle seulement un prénom

je n'ai pas rêvé
la fille dans le métro

elle dit
moi je parle à tout le monde
si on me rejette je me tais
si on ne me bouscule pas
je m'ouvre
je suis un livre exclusif

que peut le rejet ?

le silence (plombé)

il m'interdit tristement
la
parole
devant la tête de poisson

là
où tu entends la rivière
traîne ta canne à pêche

je n'ai pas rêvé et j'ai des choses à dire

j'ai
toujours
été
là

c’est arrivé
elle m’a dit
ça arrive
ça se passe
tu peux y croire

aime par la pensée
pense du cœur

sans toi
l'amour est orphelin

je t'attendais
j'ai assez attendu
je t'attends en marchant

(la prochaine fois on fait l'amour)

restent
les femmes derrière autour
toutes des mères
des remplaçantes
chassant l'abandonnique
comme un moustique

ces femmes
toutes malheureuses
obligées
à
consentir
à écouter
la joie enfantée
le petit rhum jus d'orange
les bouteilles sous le masque
le voilage
la chambre le lit et la fenêtre condamnée

j'étais pourtant là

je n'ai pas bougé d'un poil
sauf
la fois
au générique de la noce

(je ne suis plus là)

s'épanchent les léonides
souffle un vent aveuglant
transparent
trop chaud
pour novembre

un air de film durassien

d’avance
il m’a dit
ça va mal finir

je rêve trop
je n’écoute pas
je préfère les salles pleines et le cinéma

il me parle de fin au début
élégante dans les commencements
je lui montre la lune il voit mon doigt

doucement regarde
les étoiles se sont déplacées

on ne sera plus jamais les mêmes

pour obtenir le ciel : renverser la glace

et si t'arrêtais d'arrêter ?

je te parle d'amour
tu me parles de mort
l'amoureuse et la faucheuse

quand l'un me garde je ne vois plus
tout s'ennuage

le poêle à bois chauffait trop
les étoiles autocollantes au plafond
je n'ai pas rêvé
on a dormi dans le lit simple
au bord des larmes
dormi en parlant
(pleurant)
sur le piano matinal

l'embrassade
la naissance sous les néons
la rencontre dans le berceau
une chance sur mille milliards

les étoiles se sont rapprochées

je puise à la puissance

la mer
mon ami conduis-moi à mon amie
la mer

la mer ça fait peur ça fait pleurer la mer
montre ses dents de la mer elle est amie et
ennemie elle peut t'enlever la vie

je concentre tout

pour écrire choc pour écrire impact
pour écrire collision pour écrire secousse
tremblement pour dire déplacement
mouvement profondeur pour écrire vite lent
on s'en fout

pour livrer vrai

choc
coup innommable
constellation sans nom
je m'arrête au bord de la route de l'oracle

qui es-tu pour qui ?
la première question

un vrai ami
voilà un vrai ami
il me dit
je ne suis pas poète
je fais du vin

je n’ai pas rêvé
le
coup
a
été
canon

mouvement irréversible
soubresaut imperceptible

te figures-tu la perpendiculaire ?

ferme les yeux
écoute la voix

fait-elle battre ton cœur ?

rien n'égale le déplacement des chances qui
vont l'une vers l'autre qui ne peuvent plus
rompre l'une vers l'autre elles vont à leur
propre rencontre et se racolent
dangereusement

les oiseaux dans leur chute sacrée plus haut
tracent des spirales les oiseaux les soleils
volent et reviennent parfois quand l'amour
ne ment pas

pourquoi rompre ? l'amour n'est-il pas
éternel ?

les étoiles ne reviennent jamais en arrière
à la limite elles tournent le dos
inconditionnelles
elles tombent
du plafond
et

suspendent les pléiades sur ta joue

je ne recule pas
ne reprends pas les cadeaux
sous l'arbre
je laisse un cratère

en estampage
un trou de glace
de glace noire
où l'on dérape

les novas prennent des millénaires ou une
microseconde à opérer un mouvement

le temps élastique

le pas coordonné

en même temps
deux pas
programmés
deux stars sur la rue
lunettes noires
deux célébrités

marcher à ton bras

il lui dit
nous deux
on va faire une union

rapproche ton bras
prends fort mon corps
marche

(la condition : ne pas parler)

je vais être à toi
comme tu vas être à moi

tous les hasards
d'avant la rencontre
des décors réels
des scènes de gare
les sept hasards

s'entrechoquer
concordants
toujours imprudents
notre contact dans la cour
encore mariés dans nos chambres à part

je n’ai pas rêvé
la rencontre avec nos vêtements repassés

(les chances de se croiser sont nulles sauf la
fois à la bibliothèque)

je n'ai pas rêvé
l'aperçu de toi
noir opaque couleur vulnérable

je souffre de confiance aveugle
tu mens comme tu respires
je vois ton jeu dans ton reflet embué

où sont mes lunettes (de lecture) ?

il m'a dit
n'arrête jamais

(j'obéis et je continue)

beau coup
jackpot

beaucoup	beaucoup	beaucoup	beaucoup	beaucoup
beaucoup	beaucoup	beaucoup	beaucoup	beaucoup
beaucoup	beaucoup	beaucoup	beaucoup	beaucoup
beaucoup	beaucoup	beaucoup	beaucoup	beaucoup
beaucoup	beaucoup	beaucoup	beaucoup	beaucoup
beaucoup	beaucoup	beaucoup	beaucoup	beaucoup
beaucoup	beaucoup	beaucoup	jackpot	beaucoup
beaucoup	beaucoup	beaucoup	beaucoup	beaucoup
beaucoup	beaucoup	beaucoup	beaucoup	beaucoup
beaucoup	beaucoup	beaucoup	beaucoup	beaucoup
beaucoup	beaucoup	beaucoup	beaucoup	beaucoup
beaucoup	beaucoup	beaucoup	beaucoup	beaucoup
beaucoup	beaucoup	beaucoup	beaucoup	beaucoup
beaucoup	beaucoup	beaucoup	beaucoup	beaucoup
beaucoup	beaucoup	beaucoup	beaucoup	beaucoup
beaucoup	beau	beaucoup	beaucoup	beaucoup
beaucoup	beaucoup	beaucoup	beaucoup	beaucoup
beaucoup	beaucoup	beaucoup	beaucoup	beaucoup
beaucoup	beaucoup	beaucoup	beaucoup	beaucoup
beaucoup	beaucoup	beaucoup	coup	beaucoup
beaucoup	beaucoup	beaucoup	beaucoup	beaucoup
beaucoup	beaucoup	beaucoup	beaucoup	beaucoup
beaucoup	beaucoup	beaucoup	beaucoup	beaucoup
beaucoup	beaucoup	beaucoup	beaucoup	beaucoup
beaucoup	beaucoup	beaucoup	beaucoup	beaucoup
beaucoup	beaucoup	beaucoup	beaucoup	beaucoup
beaucoup	beaucoup	beaucoup	beaucoup	beaucoup
beaucoup	beaucoup	beaucoup	beaucoup	beaucoup
beaucoup	beaucoup	beaucoup	beaucoup	beaucoup

le jardin manque d'eau
terriblement

je cherche quel oiseau chante
j'ai horreur de ce qui finit trop

un classique
tu redeviens proche
aussitôt qu’on se sépare

il faudrait moins se voir

où est la présence dans la distance ? ne pas
se voir ? qui a éteint la lumière ?

je cherche le sens
j'étouffe le lien

mouvement de frein avant d'avoir le temps

(ne laisser aucune année-lumière de plus
s'installer entre nous)

raconter la version de
la fois où je ne croyais plus à l'amour
de
mille
hommes
des
hommes

qui ressent la vraie version de l'histoire de l'amour ?

trou

le geste du pardon

enlève le clou
regarde le trou

le décor s'envole
reste le noir
reste le vide
restent
le trou d'eau et la nuit hypothermique

le geste de la survie

ne pas s'éteindre
ne pas disparaître
se dit l'étoile comme l'humain

comme ma fille
je prie l'amour

(ou c'est elle comme moi)

je commence à voir
à ouvrir les yeux

INTROUVABLE

LETTRE DU JUSTE MILIEU

Un trou est intéressant.
Un trou n'est pas sans valeur.
Un trou occupe toute la place.
Le trou est prenant. Le trou
satisfait le besoin.[2]

Cher ami,

Ce sera ni oui ni non, ce sera probablement avant tout, avant de répondre oui, avant de revenir à non, avant de ne plus savoir, avant de se retrouver dans l'hésitation, dans le mouvement du doute.

Je t'aime aujourd'hui.

Je ne peux me résoudre à laisser quelqu'un se terrer dans le fantasme de la solitude, dans la chimère de l'autosuffisance, dans la cachette de l'enfant qui n'a besoin de personne, qui construit avec ce qu'il trouve sa cabane, une brique à la fois, au jour le jour parce qu'il n'existe rien d'autre. Je ne peux me résoudre à te laisser dans ce trou. Je vais te sortir de là.

---

2. *Écrits poétiques*, Christophe Tarkos.

Tu es arrivé dans ton appartement futile, donnant sur des couchers de soleil réconfortants. Dans la lumière du soir la musique, une conversation entrecoupée d'amour, d'une façon d'aimer surtout, une façon intense d'aimer et de vouloir l'amour éternel comme les enfants invincibles. Puis l'hiver a chassé le vent chaud d'automne de nos après-midis à ne pas travailler, à ne pas chercher à être productif sans culpabilité aucune, à siester nus, à s'aimer trop, à se convenir trop, à ignorer que la fosse de tristesse se figerait avec le froid. Que tout figerait. Le cœur. Chaque jour le trou de glace. Et moi qui viens te hisser hors du trou d'un geste facile. T'attraper par le collet sans même penser enfiler dans le trou avec toi, que la glace cède sous mes pieds. Et que je coule, peut-être toute seule, peut-être avec toi, peut-être que toi tu coules seul, à réduire le confort à un îlot de draps, que tu te laisses volontairement couler comme tu voulais entrer dans cet appartement et ne plus jamais en ressortir, que tout le monde t'oublie enfin, l'amitié en peau de chagrin, que je ne puisse pas être invincible ce jour-là, que je sois au contraire impuissante et que je te vois disparaître, sous mes yeux, disparaître. Je ne peux me résoudre à voir, même en rêve, qui que ce soit que j'aime disparaître sous mes yeux, à assister au spectacle de la tristesse et de la bonne conscience, des larmes de glace. Je ne peux me résoudre à ne pas être source de chaleur. Jusqu'au jour où tu as choisi le trou de glace. Quand je suis arrivée à l'appartement vide. Quand je suis arrivée à la fête à la maison, ce soir où tu étais introuvable, parmi les gens, dans toutes les pièces de la maison, où les enfants dormaient sur les lits de camp, ce soir où tu étais introuvable, dans la chambre de glace, sans chauffage, introuvable sous ton duvet, les couvertures par-dessus tête, à ne pas vouloir parler à personne de la fête, dans ce trou perdu de tristesse infinie.

ce qui est triste c'est de ne pas donner de réponse

ce qui est triste c'est de s'habituer à ne pas savoir
quand l'autre reviendra

ce qui est triste c'est d'attendre sa maman

ce qui est triste c'est de se cacher

ce qui est triste c'est d'être pris dans ses mensonges

ce qui est triste c'est de s'être piégé soi-même

ce qui est triste c'est de n'avoir aucun rendez-vous
mais vraiment jamais aucun

ce qui est triste c'est de n'avoir envie de rien

très triste
la
tête
la
roche
à
la
place
du
cœur

tu as tout fermé
tout pour que je ne t'aime pas
tout pour être aimé
de n'importe qui
de qui tu oublies le nom
je ne t'aimerais plus
l'unique décision
il ne me restait qu'à sortir
partir par moi-même

qu'est-ce que tu ne veux pas dans ce que je veux ?

reste
dans
le
(ton)
trou

je veux tout ce que l’on peut ensemble

Mon ami,

Je ne tenais pas en place. Je n'arrivais pas à rester chez moi. Le vide résonnait dans ma maison. Tout me rappelait au vide. C'était un trou omniprésent. Et pour ne pas tomber dedans je m'étourdissais. J'étais en choc. Je flottais dans le vide et c'est avec toi que j'en sortais. Même avec mes enfants, c'était le vide. Même avec mes amis, c'était le vide. Avec toi, je me reposais du vide et de la tristesse.

Je me mettais la pression et j'échouais. Et on le sait bien que plus on se met de la pression, plus on risque d'échouer et de perdre confiance. Et plus on perd confiance en soi, plus on s'enfonce. On s'enfonce, on fait des choix qui retardent le bonheur ou qui nous gardent dépendants de situations desquelles on doit se séparer. C'est le trajet que la vie emprunte, parfois.

Je veux sortir de ma tête. J'écris pour chasser ce qui tourne. J'ai réintégré ma maison. J'ai passé tout mon bois de chauffage. Tu sors par la cheminée.

Ensemble, on s'est euphorisés. Je n'ai ainsi pas senti la mort foudroyante de mon père et ma mère qui fait chaque matin la une du journal.

Aujourd'hui, ma vie commence à se remplir à nouveau, le vide est moins grand, des petits morceaux de plein se créent à partir de pacotille.

Il fallait ce temps.

Il fallait cet espace.

Il fallait cet hiver.

Il fallait ce silence.

Il fallait cette promesse de jours meilleurs, de petits pleins qui forment un tout heureux.

Les rares gestes et les rares paroles, qui accotaient la grandeur de mon idéalisation, ont tout compliqué. Il n'y a que ça qui tourne dans ma tête. L'histoire continue à rejouer, à s'écrire du début. Et je lutte, je me répète comme un mantra :

L'histoire que je me raconte n'existe jamais.

Il n’y aura probablement pas de neige cette année.

J’AI RÊVÉ ÇA

POÈMES DE DÉSILLUSION

il faut essayer nos rêves

il n'y a pas d'erreurs
il n'y a que des essais
il n'y a pas de prisons
il n'y a que des choix

on s'invente soi-même
j'ai tout inventé

j'ai été nommée
représentante
des ouvertures et du pressentiment

comment vivre dans le monde des étoiles où
il n'y a aucune colère aucune frontière aucun
attachement ? le rêve n'appartient-il qu'à
l'enfance ?

comme des enfants tout ce qu'on imagine est
aussi tout ce qu'on peut être

à partir du moment où on sait faire des
phrases on peut parler de la mort

les peurs deviennent réalité quand on néglige
les rêves l'allumette et l'univers de poudre à
canon

as-tu peur de te rapprocher ?

pas plus peur que ça
pas plus peur que toi
apparemment peur de rien
pas assez peur
je suis morte de trouille

j'ai rêvé ça
tout haut
tout
le rêve était l'histoire idéale

que peut-on contre la poétisation ?

je pense
fly
at
your
own
risk

elle m'a dit
nous sommes invincibles

par la pensée elle arrête
le sang
et les larmes

j'ai rêvé
tu
es
plus ou moins
humain
plus ou moins
divin
que
tu
le
penses
plus ou moins
perdu dans ta beauté

je me vois
les yeux bouchés
le corps calfeutré
maintenir l'illusion
imaginer quelqu'un d'autre
que tu ne connais pas

ne pas penser à ça chaque minute de la
journée ne pas penser c'est plus facile c'est
naturel de penser à l'inconnu sans prénom
d'imaginer être avec être amoureuse d'une
image sur le mur être pétrie d'envie ne
jamais être avec personne penser avoir froid
penser trop avant l'amour

ça
sans projet
sans avenir
va

le ciel
la vie
l’après-midi
tout ce que tu voudras

veux-tu de la compagnie ?

la place dans le cœur
l'importance
deux mots
une douche froide

près de
mille milliards d'années pour m'éteindre
pour fermer toutes les lumières
toutes les portes

grands rires
grands pleurs
grandes jouissances
grandes souffrances

(les spectateurs souffrent aussi)

un vide d'air
intersidéral
inexplicable
insouciant
qui lévite

je
te
veux

(rien à ajouter)

longtemps longtemps longtemps longtemps longtemps
longtemps longtemps longtemps longtemps longtemps
longtemps longtemps longtemps longtemps longtemps
longtemps longtemps longtemps longtemps longtemps
longtemps longtemps longtemps longtemps longtemps
longtemps longtemps longtemps longtemps longtemps
longtemps longtemps longtemps longtemps longtemps
longtemps longtemps longtemps longtemps longtemps
longtemps longtemps longtemps longtemps longtemps
longtemps longtemps longtemps longtemps longtemps
longtemps longtemps longtemps longtemps longtemps
longtemps longtemps longtemps longtemps longtemps
longtemps longtemps longtemps longtemps longtemps
longtemps longtemps longtemps longtemps longtemps
longtemps longtemps longtemps longtemps longtemps
longtemps longtemps longtemps longtemps longtemps
longtemps longtemps longtemps longtemps longtemps
longtemps longtemps longtemps longtemps longtemps
longtemps longtemps longtemps longtemps longtemps
longtemps longtemps longtemps longtemps longtemps
longtemps longtemps longtemps longtemps longtemps
longtemps longtemps longtemps longtemps longtemps
longtemps longtemps longtemps longtemps longtemps
longtemps longtemps longtemps longtemps longtemps
longtemps longtemps longtemps longtemps longtemps
longtemps longtemps longtemps longtemps longtemps
longtemps longtemps longtemps longtemps longtemps
longtemps longtemps longtemps longtemps longtemps
loooooooooooooooooooooooooooooooooooooongtemps

breakfree

(i want to)

dans le mouvement de l'attachement
je saurai éviter les météorites

comme ta mère je serai chaude d'amour
(elle qui ne te prenait jamais dans ses bras)

générer une joie continue
tenir la note
convoler
dans le nid
se réfugier

je fonce sur l'autre planète
avec
tout
rien
à perdre
tout à offrir
un parfum égoïste qui porte chance
citron vert coriandre piment fort

me
voici
toute
mouillée
j'ai
suivi
un
nuage
pleurant

veux-tu vivre avec quelqu'un pour longtemps ?

pour longtemps
pour beaucoup
pour l'éternité

le grand oui
l'amour c'est oui
une fontaine de nuit oui
l'allée blanche
marche pure
une fois oui
abbaye
sonore

(parfois)
quand avancer c'est avoir peur
dans le noir dans les tranchées
quand avoir peur c'est s'armer
quand s'armer c'est réduire l'amour
jusqu'à l'os

aimer c'est se désarmer

la vie décide aussi

les étoiles ont explosé
il y a plusieurs milliards d'années

il y aurait dans mon ventre
une autre poussière

OUI

LETTRE DU DÉBUT DU DÉBUT

Au risque d'écrire à un(e) inconnu(e) une lettre d'amour à partir d'un presque rien qui vous aura traversé dans une fulgurance inconnue de vous jusqu'alors.

Anne Dufourmantelle

Nous sommes faits
pour être heureux.[3]

Cher ami,

Si je te disais que ne pas me répondre n'est plus une option, si je te disais que tu ne parleras plus au mur, je ne sais pas où il est, mais je sais une chose, c'est qu'il est dans ta tête construit de briques rouges. Si je te disais que tu peux mettre de côté la peur que je me fasse des idées d'amour avec toi, si je te disais qu'on a bien changé en apparence parce qu'on ne s'est jamais connus, si je te disais que tu mérites mieux que cette charge de travail que tu t'infliges depuis si longtemps et que cet isolement que tu ne vois plus.

Au premier regard, j'ai tout capté. Je capte tout avec toi à chaque regard. Au premier regard, j'ai su que tu es triste. J'ai vu tout de suite. Puis j'ai recroisé tes yeux épouvantés et j'ai confirmé mon intuition. Mais je me trompe peut-être. J'aurais pu être certaine si on avait pu discuter. J'aurais aimé te parler de moi. Que je puisse te raconter les plus difficiles années de ma vie que je viens de traverser

---

3. *Elsa*, Aragon.

sans m'effondrer. J'aurais voulu te parler de moi, que tu me poses des questions. C'est triste de ne pas poser de questions à l'amie qui te visite, qui fait le détour, la route longue. C'est triste de ne pas s'intéresser véritablement aux gens. Je sais aujourd'hui tellement mieux parler et tellement mieux écrire.

J'ai traversé un terrible deuil. J'ai pensé mourir. J'apprends encore à me séparer, plusieurs fois par jour, comme si c'était de ma mère que je n'étais pas encore née. Je t'invite à me parler, à me poser des questions, à me parler comme au mur. Je t'invite à me parler, à me répondre. Ne pas me répondre n'est plus une option.

Je t'aime aujourd'hui.

on s'aime pour les mêmes raisons

j'ai des raisons de t'aimer
que je ne sais nommer

j'ai aucune raison
de ne pas t'aimer

reprends tes arguments
pour ne pas t'aimer (toi)

écoute ton cœur
grand fier
donne-toi du cœur
donne-toi de l'amour
prends mes retailles
prends mes surplus
prends mes trop-pleins

donne

longtemps beaucoup

ma fille dit *l'amour c'est oui*
toi il ne faut pas te manquer

désarme-toi

nous sommes
faits pour être libres
pour aimer et l'être en retour
je ne sais pas toujours comment faire
bien faire
je sais qu'on n'est pas faits pour être seuls
je n'écoute pas ceux qui me disent le contraire

TU ES NÉ

Une étoile c'est gratuit

Richard Desjardins

J'ai vu passer une lumière. Rêvé une comète, une boule de feu. L'éclat du jour venait avec une chaleur incandescente et avec la certitude de m'élancer dans la même direction que toi. D'emboîter le pas au risque, sans calculer ni prétendre. J'en avais plein la vue. J'ai voulu te rattraper dans la rue, mais tu allais trop vite, tu filais dans le soleil d'automne. C'était une vision extraordinaire. Je suis entrée dans cet amour. Il y avait la porte d'embarquement.

Tout un voyage est resté en nous. Il me mène encore à une profondeur qui m'attire, pas pour tomber dedans comme dans un puits où il n'y aurait aucune rampe, non. Un horizon argenté de météorite tombé dans un océan. Un îlot d'étoiles rapprochées.

Au jour le jour, le vent, le courant. Je me laisse, je décide, je ne décide pas, m'efface, me rallie, me protège. Aujourd'hui, je ne peux pas flotter en relâchant la tête vers l'arrière. Le courant pousse sur les jambes, vers les rochers. Vers une mort certaine.

au jour le jour, est-ce que c'est aujourd'hui ?

Tu es né. Tu es beau. La mer est dans tes yeux. Tu es tout frisé, et noir éclatant. C'est surprenant. Une beauté pareille. L'enfant qui nous réunit. Je te photographie. Je t'appelle mon enfant de la mer. Tu bois à mon sein sans que je te quitte du regard.

Tu voyages à la mémoire de ton père. Tu vas vite. Si tu t'arrêtais tu serais triste, incroyablement triste. Il y aurait ce vide qui défierait ta liberté.

Le voyage garde le lien. Le voyage garde vivant. Le voyage garde la mémoire. Le voyage garde ton père en toi, comme il a étiré ton enfance. Le voyage ressemble à l'écriture. Une façon de ne pas être seule et se faire rattraper par la réalité un jour ou l'autre.

Quand j'écris dans le bruit, je m'entends et tout n'est que bruit autour pendant que je cours dans ma tête.

Quand je lève la tête, quand je cesse le mouvement, des êtres apparaissent, avec leur réalité planante. Je discerne des paroles, j'aperçois le jeu de l'enfant, incessant état de présent et de lucidité. J'écris ce qui arrivera. J'écris dans le brouhaha de la vie. J'écris quand je n'ai pas le temps.

Je construis à partir de l'insupportable vide. Écrire, c'est difficilement s'arrêter de fuir. Construire, c'est risquer de tout perdre, surtout l'amour. Construire pour éviter la fin.

ne pas construire
pour ne pas commencer
à mourir
ou à perdre

construire
c'est
laisser
venir
le crash
l'accident

construire
c'est
laisser
mourir
(quelque chose)

construire
c'est
laisser
mourir
son père et
sa mère

Tu es né, on ne se quittera plus. Je t'ai dit de venir dans mon rêve d'accident et tu es venu en garçon noir aux yeux qui avalent tout, un regard terriblement doux dans lequel on peut entrer sans danger. Tu bois et tu t'endors. Je te tiens contre moi. Tu ne vas pas tomber.

On n’a plus qu’à rester comme ça, le temps qu’il faudra.

TABLE DES POÈMES

REMERCIEMENTS

Pour leurs lectures honnêtes, je remercie mes très chers compagnons de route littéraire, Paul Kawczak, Julien Delorme et Simon Philippe Turcot.

Je remercie mes ami.es qui s'informent de comment avance l'écriture, et pour les discussions autour de la création.

Un merci à mon éditeur, Rodney Saint-Éloi, pour sa véritable sensibilité poétique et son inestimable amitié.

Mes brillants enfants, Nils et Isamie, que je remercie simplement de leur présence constante dans mon cœur.

Pour son amour généreux, merci Alain. Au moins un mot de ce livre vient de toi.

Un merci anonyme à Milhomme, qui m'a reconduite un 23 décembre dans la poudrerie d'une tempête magnifique, par les rues désertes et encombrées de Montréal. Je n'en demandais pas tant.

Enfin, merci P.

DANS LA COLLECTION POÉSIE

Davertige, *Anthologie secrète*
Hédi Bouraoui, *Struga* suivi de *Margelle d'un festival*
Yanick Jean, *La fidélité non plus*
Jacques Roumain, *Bois d'ébène* suivi de *Madrid*
Roussan Camille, *Assaut à la nuit*
Alain Mabanckou, *Tant que les arbres s'enracineront dans la terre*
Raymond Chassagne, *Carnet de bord*
Franz Benjamin, *Dits d'errance*
Joubert Satyre, *Coup de poing au soleil*
Khireddine Mourad, *Chant à l'Indien*
Rodney Saint-Éloi, *J'ai un arbre dans ma pirogue*
Roger Dorsinville, *Pour célébrer la terre* suivi de *Poétique de l'exil*
Carl Brouard, *Anthologie secrète*
Willems Édouard, *Plaies intérimaires*
Gary Klang, *Il est grand temps de rallumer les étoiles*
Valérie Thibault, *La déroutée*
Gérald Bloncourt, *Dialogue au bout des vagues*
Frankétienne, *Anthologie secrète*
Ida Faubert, *Anthologie secrète*
Roger Toumson, *Estuaires*
Ernest Pépin, *Dit de la roche gravée*
Max Jeanne, *Phare à palabres. Poéreportage*
Joséphine Bacon, *Bâtons à message. Tshissinuatshitakana*
Gary Klang, *Toute terre est prison*
Makenzy Orcel, *À l'aube des traversées et autres poèmes*
Louis-Michel Lemonde, *Tombeau de Pauline Julien*
Franz Benjamin, *Vingt-quatre heures dans la vie d'une nuit*
Louis-Karl Picard-Sioui, *Au pied de mon orgueil*
Ouanessa Younsi, *Prendre langue*

Rodney Saint-Éloi, *Récitatif au pays des ombres*
Michel X Côté, *La cafétéria du Pentagone*
Georges Castera, *Les cinq lettres*
Gary Klang, *Ex-île*
Georges Castera, *Gout pa gout*
Raymond Chassagne, *Éloge du paladin*
Violaine Forest, *Magnificat*
Magloire Saint-Aude, *Anthologie secrète*
Jean Désy, *Chez les ours*
James Noël, *Le pyromane adolescent*
Hyam Yared, *Esthétique de la prédation*
Kamau Brathwaite (trad. Christine Pagnoulle), *RêvHaïti*
Rodney Saint-Éloi, *Jacques Roche, je t'écris cette lettre*
Sébastien Doubinsky, *Pakèt Kongo*
Joséphine Bacon, *Un thé dans la toundra. Nipishapui nete mushuat*
Abdourahman A. Waberi, *Les nomades, mes frères, vont boire à la grande ourse*
Louis-Karl Picard-Sioui, *Les grandes absences*
Ouanessa Younsi, *Emprunter aux oiseaux*
Natasha Kanapé Fontaine, *Manifeste Assi*
Jean Morisset, *Chant pour Haïti*
Laure Morali, *Orange sanguine*
Jackie Kay (trad. Caroline Ziane), *Carnets d'adoption*
Jean-Claude Charles, *Négociations*
Jean Sioui, *Mon couteau croche*
Samian, *La plume d'aigle*
Jean Désy et Normand Génois, *Bras-du-Nord*
Rodney Saint-Éloi, *Je suis la fille du baobab brûlé*
Hyam Yared, *Naître si mourir*
Julien Delmaire, *Rose-Pirogue*
Isabelle Duval et Ouanessa Younsi (dir.), *Femmes rapaillées*
Natasha Kanapé Fontaine, *Bleuets et abricots*
Alain Mabanckou, *Congo*
Pierre Emmanuel, *Poèmes de la Résistance*

Rita Joe, *Nous sommes les rêveurs*
Flavia Garcia, *Partir ou mourir un peu plus loin*
Chloé LaDuchesse, *Furies*
Katherena Vermette (trad. Hélène Lépine), *Ballades d'amour du North End*
Marc Alexandre Oho Bambe, *De terre, de mer, d'amour et de feu*
Virginia Pésémapéo Bordeleau, *De rouge et de blanc*
Makenzy Orcel, *Le chant des collines*
Jean Désy, *Chorbacks*
Elkahna Talbi, *Moi, figuier sous la neige*
Seymour Mayne (trad. Caroline Lavoie), *Chant de Moïse*
Natasha Kanapé Fontaine, *Nanimissuat. Île-tonnerre*
Emmelie Prophète, *Des marges à remplir et autres poèmes*
Ouanessa Younsi, *Métissée*
Joséphine Bacon, *Uiesh. Quelque part*
Jean Sioui, *A'yarahskwa. J'avance mon chemin*
Alfred Alexandre, *La ballade de Leïla Khane*
Jean Désy, *Hymne à l'amoune*
Bertrand Laverdure, *Lettres en forêt urbaine, le projet Xanadu*
Rodney Saint-Éloi, *Nous ne trahirons pas le poème*
Mylène Bouchard, *Les décalages contraires*
Lorrie Jean-Louis, *La femme cent couleurs*
Laura Doyle Péan, *Coeur yoyo*
Rachel McCrum (trad. Jonathan Lamy), *Le premier coup de clairon pour réveiller les femmes immorales. The First Blast to Awaken Women Degenerate*
Jean Désy, *Non je ne mourrai pas*
Franz Benjamin, *Nuit des anses pleines*
Laure Morali, *La terre cet animal*
Chloé LaDuchesse, *Exosquelette*
Emné Nasereddine, *La danse du figuier*
Mai Der Vang (trad. Marc Charron), *L'après-pays*
Thomas King (trad. Jonathan Lamy), *Fragments d'un monde en ruine*
Flavia Garcia, *Fouiller les décombres*
Jean Sioui, *Au couchant de la terre promise*

Elkahna Talbi, *Pomme Grenade*
Fiorella Boucher, *L'abattoir c'est chez nous*
Louise Dupré et Ouanessa Younsi, *Nous ne sommes pas des fées*
David Bouchet, *Noir lumière*
Geneviève Rioux, *Survivaces*
David Goudreault, *Vif oubli*
Marc Alexandre Oho Bambe, *La vie poème*
Rita Mestokosho, *Atik*^{u} *utei. Le cœur du caribou*
Laure Morali, *Personne seulement*
Nathalie Handal (trad. Samira Negrouche), *De l'amour des étranges chevaux*
Souvankham Thamavongsa (trad. Véronique Lessard), *La maison de ma mère*
Lorrie Jean-Louis, *Main-d'œuvre*
Joséphine Bacon, *Kau Minuat – Une fois de plus*
Ouanessa Younsi, *Quand je vis*
Jean Sioui, *Des morceaux de temps*
Beata Umubyeyi Mairesse, *Culbuter le malheur*
Carolyn Forché, *Dans un monde où il se fait tard*

Édition — Rodney Saint-Éloi, Yara El-Ghadban
Révision — Rodney Saint-Éloi
Correction — Laurence Poulin
Direction artistique et design graphique — Julie Espinasse
Atelier Mille Mille
Photographies à l'intérieur — © Mylène Bouchard
archives personnelles

Mémoire d'encrier reconnaît l'aide financière du Gouvernement
du Canada par l'entremise du Conseil des Arts du Canada,
du Fonds du livre du Canada et du Gouvernement du Québec
par le Programme de crédit d'impôt pour l'édition de livres, Gestion Sodec.

Mémoire d'encrier est diffusée et distribuée par :
Harmonia Mundi livre — Europe
Gallimard Diffusion — Canada

Dépôt légal : 2e trimestre 2024

Catalogage avant publication de Bibliothèque
et Archives nationales du Québec et Bibliothèque et Archives Canada

ISBN (PAPIER) : 978-2-89712-969-9
ISBN (EPUB) : 978-2-89712-970-5
ISBN (PDF) : 978-2-89712-971-2

LCC LCC PS8603.O92453 E86 2024 | CDD C841/.6—dc23

L'ouvrage *Les étoiles se sont rapprochées* de Mylène Bouchard
est composé en Stanley regular, d'Optimo.
Il est imprimé sur du papier Enviro en mars 2024
au Québec (Canada), par Marquis Imprimeur
pour le compte des éditions Mémoire d'encrier inc.